# Analyse de l'œuvre

Par Mélanie Kuta et Tina Van Roeyen

# Zazie dans le métro

de Raymond Queneau

lePetitLittéraire.fr

# Rendez-vous sur lepetitlitteraire.fr et découvrez :

Plus de 1200 analyses
Claires et synthétiques
Téléchargeables en 30 secondes
À imprimer chez soi

# RAYMOND QUENEAU

## ÉCRIVAIN FRANÇAIS

- **Né en 1903 au Havre (Normandie)**
- **Décédé en 1976 à Paris**
- **Quelques-unes de ses œuvres :**
  - *Exercices de style* (1947), essai
  - *Cent mille milliards de poèmes* (1961), poésie
  - *Le Vol d'Icare* (1968), roman

Raymond Queneau nait au Havre en 1903. Passionné par les langues dès son enfance, il explore ensuite les domaines des mathématiques, du cinéma, du surréalisme ou encore de la psychanalyse.

Écrivain hors norme, son œuvre regroupe une variété importante de textes témoignant de sa curiosité intellectuelle et de son originalité : romans, essais, poèmes, chansons et traductions. En 1947, il publie l'un de ses ouvrages les plus célèbres, *Exercices de style*, mais c'est *Zazie dans le métro* (1959) qui lui apporte la reconnaissance du grand public.

En 1960, il fonde, avec François Le Lionnais (mathématicien et écrivain français, 1901-1984), le groupe littéraire OuLiPo (Ouvroir de Littérature Potentielle) qui, encore aujourd'hui, propose des réflexions sur les contraintes de la vie sociétale et encourage les créations de tout genre. Queneau décède à Paris en 1976.

# ZAZIE DANS LE MÉTRO

## UNE ŒUVRE ROCAMBOLESQUE

- **Genre :** roman
- **Édition de référence :** *Zazie dans le métro*, Paris, Gallimard, coll. « Folioplus Classiques », 2010, 288 p.
- **1ʳᵉ édition :** 1959
- **Thématiques :** enfance, monde des adultes, sexualité, langage populaire, société française, apparence, Paris, quête de sens

Publié en 1959, *Zazie dans le métro* est un véritable succès de librairie qui raconte les aventures incroyables d'une fillette délurée dans les rues de Paris à la fin des années 1950.

Semblable à de nombreux romans d'après-guerre, *Zazie dans le métro*, sous les apparences d'un roman traditionnel, déconstruit les codes du genre romanesque au moyen de la parodie et de l'humour. L'action a lieu au cœur d'une société française en pleine mutation où des épisodes fantasques viennent bouleverser la réalité.

L'adaptation cinématographique par Louis Malle (cinéaste français, 1932-1995) en 1960 confirme le succès de l'ouvrage. En 2008, Clément Oubrerie (dessinateur français, né en 1966) en fait une bande dessinée.

# RÉSUMÉ

Zazie, une jeune fille directe et spontanée qui a connu une enfance quelque peu difficile, débarque à la gare parisienne d'Austerlitz avec sa mère, Jeanne Lalochère. Cette dernière, venue à Paris pour rejoindre son compagnon, confie sa fille pour deux jours à son frère Gabriel. La fillette veut absolument prendre le métro, mais toutes les rames sont à l'arrêt à cause d'une grève. Ce n'est que bien plus tard qu'elle aura l'occasion de le prendre. Pourtant, endormie, elle ne s'en apercevra pas. Zazie et son oncle visitent alors Paris à bord du taxi d'un ami de Gabriel, Charles, mais cette balade touristique n'intéresse pas Zazie.

Ils arrivent à l'appartement de Gabriel, au bas duquel se trouve un bistro, *La Cave*, où travaillent Mado Ptits-pieds (la serveuse), le patron Turandot et son perroquet, Laverdure. Zazie dine puis va se coucher. Gabriel discute avec sa femme, Marceline, du programme de la journée du lendemain, tout en se faisant une manucure. En effet, Gabriel est un personnage dont l'identité est floue : son gout pour le travestissement sera même rapidement découvert par la fillette, qui n'hésitera pas à lui poser des questions sur sa sexualité.

Le lendemain, Zazie explore l'appartement : « Encore une porte à ouvrir et [elle] découvre le but de son escursion : les vécés. » (p. 32) Dans la rue, elle tombe sur Turandot qui l'empoigne fermement. Celui-ci se méfie d'elle et de l'impact qu'elle peut avoir sur les habitants car selon lui, elle « va pervertir tout le quartier » (p. 20). Pour s'en défaire, Zazie hurle à pleins poumons, attirant l'attention des badauds qui prennent Turandot pour un satyre (un individu voyeur, exhibitionniste et pervers). Acculé, il s'éclipse et informe Marceline de la disparition de Zazie, partie toute seule à la découverte de la ville. Gabriel, à la recherche de sa nièce, est arrêté par Gridoux, le cordonnier, qui prétend savoir où est Zazie, alors même qu'il l'ignore. Tandis qu'il veut aller se coucher, Gabriel est sommé par Marceline de retrouver Zazie et s'en va « faire [s]on devoir » (p. 41).

Zazie, toujours étrangement tenaillée par l'envie de prendre le métro, pleure devant une bouche fermée. Un homme, qu'elle prend tout d'abord pour un satyre, s'arrête et l'interroge sur la nature de son chagrin. Il l'invite dans un restaurant où ils discutent de la mort du père de Zazie. L'inconnu pose beaucoup de questions, ce qui embête Zazie. Alors que la fillette prend la fuite, il la rattrape. Elle s'imagine alors erronément qu'il s'agit d'un « vrai flic » (p. 58). Arrivé chez Gabriel, l'homme prétend être un pauvre forain du nom de Pédro-surplus. Accusé, pour on ne sait quel motif, de vivre de la prostitution de petites filles, Gabriel révèle qu'il est danseuse de charme.

Épiant leur conversation, Zazie entend le « policier » dire à Gabriel qu'il a « des façons d'hormosessuel » (p. 65), ce qui la pousse à s'interroger sur la signification de ce mot. Elle posera plus tard la question à l'intéressé et ira même jusqu'à s'en servir comme d'une arme pour obtenir ce qu'elle désire. Gabriel finit par expulser Pédro-surplus de son appartement et retrouve ses amis au café, ignorant que son hôte indésirable s'y trouve aussi. En apprenant sa présence, il s'évanouit, avant de partir avec Charles.

Gabriel, Zazie et Charles observent le paysage parisien du haut de la tour Eiffel. Zazie interroge Charles sur sa vie amoureuse et sur la sexualité de son oncle. L'homme, qui n'accepte pas son célibat, est agacé par ses questions et décide de se retirer. Gabriel, resté seul avec Zazie, médite silencieusement sur son existence.

Perdu dans ses pensées, il se retrouve encerclé par un groupe de touristes qui le prend pour un guide. Fédor Balanovitch, le véritable guide du groupe, fait apparition et reconnait en lui Gabriella, qu'il a rencontrée en boite de nuit. Gabriel et sa nièce se font ramener chez eux à bord de son car, mais doivent d'abord passer avec les touristes par la Sainte-Chapelle.

En route, Zazie manifeste son mécontentement de ne pouvoir aller dans le métro et menace Gabriel de révéler son « hormosessualité » s'ils ne quittent pas le car. Une fois descendus, ils discutent à nouveau de l'orientation sexuelle de Gabriel. Une veuve bourgeoise, M$^{me}$ Mouaque, se mêle à la discussion. Les touristes retrouvent Gabriel et l'entrainent dans le car. La veuve pousse des cris qui ameutent un policier que Zazie est certaine d'avoir déjà vu. Il dit s'appeler Trouscaillon. Il s'agit en réalité de l'homme qui avait abordé la fillette et qui s'était fait appeler Pédro-surplus.

Trouscaillon, la veuve Mouaque et Zazie (qui rechigne à monter dans le car avec son oncle) montent à bord d'un véhicule qui se rend à la Sainte-Chapelle. Apprenant qu'ils sont à la recherche d'un « guidenappé » (p. 114), le conducteur dit vouloir refuser de poursuivre mais continue sa route. Il emboutit alors une voiture et le car de Fédor Balanovitch.

Plus tard, à la terrasse d'un café, Gabriel médite sur la vie et invite l'assemblée de voyageurs à son spectacle de danse. Zazie le rejoint et l'interroge à nouveau. Il lui promet qu'elle aura les réponses à ses questions le soir même. Il invite également Charles et Mado qui viennent de se fiancer. Quelques heures plus tard, Gabriel accueille ses invités à l'entrée du cabaret. Ensuite, travesti en Gabriella et pris de trac, il hésite à monter sur scène.

Durant la représentation de « Gabriella », alors que Marceline est seule dans l'appartement, un homme s'introduit par effraction. Il s'agit de Pédro-surplus, qui se présente à présent comme l'inspecteur Bertin Poirée. Il fait une déclaration d'amour à Marceline, qui reste insensible à ses charmes. Elle s'enfuit, une valise à la main.

Déçu, Trouscaillon quitte l'appartement et discute alors de sa déconvenue à Fédor Balanovitch, en attendant la fermeture du cabaret. Alors que Gabriel et ses amis vont boire une soupe à l'ognon après la représentation, Gridoux reconnait en Trouscaillon le satyre qui a poursuivi Zazie le matin même. Gabriel s'en prend à lui. Alertés par ce tapage, des policiers interviennent.

Pendant qu'ils mangent leur soupe, Zazie s'assoupit, Gridoux et la veuve Mouaque se battent, tandis que Turandot tente d'imiter Gabriella. Tout ce battage ne plait pas aux serveurs de la brasserie qui provoquent une bagarre générale. Gabriel et ses amis pensent en sortir victorieux, mais c'est sans compter sur la troupe armée qui les attend sur la place Pigalle.

La veuve Mouaque se précipite en direction des assaillants et est tuée. Zazie s'évanouit. Trouscaillon, qui se présente cette fois-ci sous le nom d'Aroun Arachide, s'avance en vainqueur. C'est alors que Turandot, Laverdure, Gabriel, Zazie et Gridoux s'enfoncent dans le sol à l'aide d'un monte-charge manipulé par une personne mystérieuse qui les guide vers un égout où ils se séparent. Il s'agit d'un couloir du métro, qui fonctionne à nouveau. Malheureusement pour elle, Zazie est endormie et ne s'en souviendra pas...

Jeanne Lalochère retrouve sa fille sur le quai de la gare. Celle-ci est accompagnée d'un homme qui ressemble étrangement à Marceline, que Jeanne appelle Marcel. Quand elle demande à sa fille ce qu'elle a fait de son temps à Paris, celle-ci lui répond : « J'ai vieilli. » (p. 193)

# ÉTUDE DES PERSONNAGES

Il est important de noter que les personnages de *Zazie dans le métro* sont présents en majeure partie pour servir le langage. En tant que personnes « en chair et en os », ils revêtent moins d'importance que leurs « voix ». Pour cette raison, le narrateur donne peu d'informations sur leur profil physique et psychologique.

## ZAZIE

Personnage éponyme du roman et fille de Jeanne Lalochère, Zazie est une enfant curieuse qui va passer deux jours chez son oncle Gabriel à Paris. Malgré sa jeunesse, elle a déjà vécu des expériences qui l'ont propulsée dans l'âge adulte (si son père a tenté de la violer, elle a vu sa mère lui fendre le crâne à coups de hache ; on peut également déduire qu'elle a été maltraitée à l'école), ce qui explique sa grossièreté (elle ajoute un « mon cul » à la plupart de ses phrases) et son instinct d'autodéfense. Débrouillarde, elle ne se laisse ni faire ni impressionner. Dotée d'un grand sens de la répartie, elle est aussi têtue que hardie.

Aux yeux des adultes, Zazie est une petite enquiquineuse car elle pose des questions gênantes qui conduisent systématiquement ces derniers à admettre qu'ils ne savent pas toujours justifier les raisons de leurs actes.

Par sa spontanéité, la jeune fille est aux antipodes d'un comportement sociétal conformiste. Ce n'est pas tant son caractère déluré et farfelu, qui convient à son jeune âge, qui la rend si singulière mais bien sa capacité réflexive et critique, qui traduit une maturité étonnante.

Zazie rêve de prendre le métro, ce qui s'avèrera malheureusement impossible vu les grèves des pointeurs. Son aventure parisienne, bien que très brève, peut être considérée comme un apprentissage accéléré de la vie. C'est par ailleurs ce qu'elle confie à sa mère, interrogée sur ce qu'elle a vu à Paris : « J'ai vieilli », conclura-t-elle (p. 193).

## GABRIEL

Oncle maternel de Zazie, Gabriel est un homme âgé de 32 ans et marié à Marceline. C'est à lui qu'est confiée la garde de Zazie pendant un weekend, tâche dont il va s'acquitter tant bien que mal. Ce personnage est essentiel puisque sa présence à la gare encadre le récit : il va y chercher sa nièce au début du roman et la ramène à sa mère quand son périple parisien prend fin.

C'est un homme aux multiples facettes : Gabriel le jour, Gabriella la nuit, Gaby pour les intimes. Il est présenté comme doux, conciliant et patient avec sa nièce. Se présentant à tour de rôle comme gardien de nuit, artiste et danseuse de charme, il a un bon cœur, ce qui contraste avec sa taille – Gabriel est un colosse quelque peu précieux qui peut très bien exploiter son avantage physique sur les autres.

Ce côté comique est de plus exacerbé par les grands mots qu'il utilise (ses propos « se nuançaient parfois d'un thomisme légèrement kantien », p. 13) et les airs de philosophe qu'il lui arrive de prendre lors de ses discours sur le sens de la vie (« Pourquoi qu'on supporterait pas la vie du moment qu'il suffit d'un rien pour vous en priver ? Un rien l'amène, un rien l'anime, un rien la mine, un rien l'emmène », p. 117). Tout au long du texte, Zazie va s'enquérir de son côté « hormoses-suel », qu'il s'obstine à garder secret. Aussi pourrait-il être comparé à l'archange Gabriel, tant par son côté protecteur que par son identité neutre et asexuée.

## TROUSCAILLON

Personnage aux multiples identités, il apparait tour à tour sous le nom de Pédro-surplus, Trouscaillon, Bertin Poirée ou encore Aroun Arachide ; satyre, agent de police, forain, inspecteur et même « prince de ce monde » (p. 189). Selon l'identité choisie, il combine de différentes façons ses trois accessoires fétiches : le chapeau, le parapluie et la mous-tache. Il est également présenté comme « le type [qui est] sur ses talons, [...] aussi subtil que Zazie » (p. 47). Il avoue à Gridoux s'être « perdu » (p. 82) et tout ignorer de lui-même. Comme c'est le cas de nombreux personnages, Trouscaillon ne dispose pas d'une identité certaine.

## JEANNE LALOCHÈRE

Mère de Zazie et sœur de Gabriel, Jeanne n'apparait que furtivement dans le récit. Nous savons qu'elle a tué le père de sa fille par légitime défense et qu'elle est depuis à la recherche d'un homme digne de ce nom. Malheureusement, ceux-ci ne sont que trop souvent aussi intéressés par sa fille.

# CHARLES

Chauffeur de taxi de 45 ans et ami de Gabriel, Charles cherche l'amour dans le courrier du cœur des magazines populaires. Incommodé par les questions de Zazie sur son célibat, il doit affronter son plus grand complexe : être toujours seul à son âge. Cette réflexion le pousse à demander Mado Ptits-pieds en mariage.

# CLÉS DE LECTURE

## LA PLACE DE LA LANGUE DANS LE ROMAN

Dans l'ensemble de son œuvre, Raymond Queneau revendique l'usage d'une langue française contemporaine, qu'il s'amuse à créer et qu'il baptise le « néo-français ». Elle s'oppose à un français académique figé et peu utilisé dans la vie de tous les jours. Cette envie de se jouer des codes n'est pas étrangère à son appartenance au mouvement oulipien, qui encourage les expérimentations formelles et la libération des codes traditionnels en en créant de nouveaux.

### L'OuLiPo

L'Ouvroir de littérature potentielle (ou OuLiPo) est un groupe de littéraires et de mathématiciens internationaux cofondé en 1960 par François Le Lionnais et Raymond Queneau dont les axes de réflexion sont la création, l'expérimentation de nouvelles formes littéraires et linguistiques ou encore la notion de contrainte formelle. L'idée principale des oulipiens est que sans la contrainte de la langue, la liberté de créer n'existe pas.

Le langage occupe en effet une place centrale dans *Zazie dans le métro*. On y retrouve cette confrontation entre français savant et français parlé. Cette opposition constante démontre que, selon Queneau, la langue n'est pas stable, mais qu'elle évolue sans cesse.

On retrouve également une combinaison de styles et de registres extrêmement variés, ainsi qu'un jeu sans limites avec les mots, ce qui témoigne de la flexibilité de la langue.

Cette liberté que Queneau s'octroie, accorde non seulement à la langue une force comique, mais permet aussi aux mots de se détacher de la réalité et d'exister par eux-mêmes. L'auteur s'amuse autant qu'il amuse. Ce jeu avec la langue se retrouve au niveau du lexique, de la syntaxe ou encore de la prononciation, sans altérer pour autant le déroulement de l'histoire :

- coprésence du lexique familier et du lexique savant : « causer » (p. 104) ; « valoche » (p. 10) ; « cosubjectivité » (p. 11) ; « anaphoriquement » (p. 67) ;
- emploi de tournures orales et d'une orthographe phonétique : « vzallez » (p. 109) ; « ostiné » (p. 13) ; « dacor » (p. 37) ;
- usage de termes provenant de langues étrangères, parfois orthographiés de manière phonétique : « bâillenaïte » (p. 96) qui renvoie à l'expression by night (de nuit) ; « bloudjinnzes » (p. 47) pour le blue jeans ;
- création de nombreux néologismes, termes inventés selon divers procédés :
  ◦ « zaziques », qui sont propres à Zazie (p. 33) ;
  ◦ « guidenappeurs », mot-valise formé sur « guide » et « kidnappeurs » (p. 117) ;
  ◦ « lessivophiles », partisans de la lessive (p. 39).
- utilisation de « coagulations phonétiques » (terme employé par Queneau lui-même), c'est-à-dire d'agglutinations de mots : « a boujpludutou » pour « elle bouge

plus du tout » (p. 47) ; « charlamilébou » pour « Charles a mis les bouts » (p. 94) ;

- ajout de nombreux calembours et jeux de mots : « Charles attend » (p. 11) ; « Du sous-sol émanait un grand brou. Ah ah. » (p. 130).

## LE NARRATEUR ET LA NARRATION

Le narrateur étant omniscient, il connait tout des personnages et s'introduit dans leurs pensées : « Marceline s'adressa silencieusement la parole à elle-même pour se communiquer la réflexion suivante. » (p. 159)

Il est également omnipotent et décide des éléments qu'il révèle ou non au lecteur. Ainsi, on apprend assez tardivement que Gabriel est un travesti, après que le narrateur a semé de nombreux indices afin d'immiscer le doute dans l'esprit du lecteur (ne serait-ce que le travail de nuit ou le rouge à lèvres du personnage).

Enfin, le narrateur est, de temps à autre, contaminé par les personnages et leur emprunte leur manière de parler, plaçant par là même la langue au cœur du roman : « [Trouscaillon et la veuve Mouaque] restèrent face à face en se demandant qu'est-ce qu'ils pourraient bien se dire et en quel langage l'esprimer » affirme-t-il à la manière de Zazie (p. 126).

Par ailleurs, l'espace dédié aux dialogues est plus important que la narration elle-même, ce qui lui accorde une importance toute particulière.

Celle-ci est fortement décousue :

- il y a des ellipses dans l'espace (au début du récit, la scène passe du café à l'appartement sans préavis) et dans le temps (alors qu'il en est question tout au long du roman, le narrateur ne raconte rien du spectacle de Gabriel au cabaret) ;
- les descriptions sont peu nombreuses et il s'agit souvent de didascalies succinctes : « Pensez-vous (geste). J'ai pas eu le temps avec tout ce qui se passait (silence). » (p. 51) ;
- le titre « Zazie dans le métro » transcrit la quête en continu du personnage principal, qui ne se réalise jamais, malgré ses efforts pour arpenter Paris.

## LA SEXUALITÉ

Jeanne, en confiant sa fille à son frère, lui recommande de bien s'en occuper : « Tu comprends, je ne veux pas qu'elle se fasse violer par toute la famille » lui dit-elle avant de passer le weekend dans les bras de son nouveau compagnon (p. 11), faisant par là même allusion au comportement déviant du père de Zazie qui avait tenté de violer l'enfant. Ces allusions au viol et aux comportements contraires reviendront régulièrement dans le récit : dès le début, Turandot, le propriétaire, ne veut pas d'une adolescente dans son immeuble afin d'éviter des histoires initiées par les petites filles sur les « vieux gâteux » qui représentent sa clientèle (p. 22).

La sexualité – sous tous ses états, qu'il soit question des normes sociales ou des comportements sexuels – est omniprésente dans le roman.

Voici ses principales manifestations :

- la recherche de l'amour idéal, incarnée par Charles (qui souffre de son célibat) et Jeanne (qui enchaine les conquêtes à la recherche d'un homme qu'elle considèrera digne) ;
- l'homosexualité à travers le couple Gabriel-Marcel ou les avances univoques de Madeleine à Marceline, ainsi qu'à travers l'usage de rouge à lèvres et de manucure par Gabriel ;
- les tentatives de viol avec violation de domicile de Pédro-surplus lorsqu'il s'introduit au domicile de Gabriel pour retrouver Marceline ;
- la pédophilie avec le père de Zazie ;
- les fréquents recours aux « satyres », qu'ils le soient réellement ou seulement accusés par Zazie ;
- le travestissement avec Gabriel qui devient Gabriella ;
- la prostitution des petites filles, ce dont Gabriel est injustement accusé par Turandot ;
- l'exploitation sexuelle sur le lieu de travail, par allusion aux clientes de Charles qui pourraient payer en nature, Turandot qui tape sur les fesses de sa serveuse Madeleine, etc.

Le thème de la sexualité peut en réalité traduire un certain malaise dans une société en pleine reconstruction d'après-guerre, sujette à une quête de sens et une recherche identitaire.

La ville de Paris en tant que lieu de l'action n'est pas épargnée : Gabriel qui regarde la tour Eiffel se demande « pourquoi on représente la ville de Paris comme une femme. Avec un truc comme ça » (p. 89), comparant explicitement la tour à un pénis en érection.

*Zazie dans le métro* est, en ce qui concerne l'amour et la pulsion sexuelle, le roman de la désillusion, voire de l'échec. En effet, seul le couple Gabriel-Marcel a l'air heureux : Jeanne est à la recherche du partenaire idéal, la veuve Mouaque meurt avant que son mariage n'ait pu avoir lieu tandis que le père de Zazie et Pédro-surplus ne sont pas allés jusqu'au bout de leurs tentatives de viol.

## LA SOCIÉTÉ FRANÇAISE DE LA FIN DES ANNÉES 1950

On assiste, dans le roman, à une mutation de la société française après la Seconde Guerre mondiale (1939-1945). *Zazie dans le métro* est un roman ancré dans le réel, dépeignant fidèlement et de façon critique une société qui entre dans la modernité :

- **la société s'américanise :** Zazie est fascinée par les « bloudjinnzes » (p. 47) et par le « cacocalo » (p. 17) ;
- **certaines valeurs, comme les valeurs patriotiques, sont ébranlées** : « Napoléon mon cul, réplique Zazie. Il m'intéresse pas du tout, cet enflé, avec son chapeau à la con. » (p. 14)

Cependant, cette mutation n'est pas encore totale et on note certains signes d'une France quelque peu surannée. Ainsi, « on dit qu'il y a pas onze pour cent des appartements à Paris qui ont des salles de bains » (p. 7).

# PARIS

Paris est une ville qui rassemble : elle est le lieu des pérégrinations des personnages et de la quête de Zazie qui veut monter dans le métro. Elle est aussi celui du milieu de la nuit, qui aide Gabriel à se laisser aller à ses envies de travestissement. Son caractère disparate permet, dans un mélimélo jouissif, la rencontre de personnes qui ne sont pas censées se rencontrer.

Ainsi Zazie y vient-elle tout d'abord pour visiter son oncle. Elle en a une idée vague, quoique déjà un peu cosmopolite, nourrie des nombreux clichés qui circulent sur la capitale : c'est ici qu'elle pourra prendre le métropolitain, à défaut boire un « cacocalo » ou se faire acheter une paire de « bloudjinnzes ». Elle a, par ailleurs, entendu parler de Saint-Germain-des-Prés.

Autrement, la capitale française n'intéresse pas Zazie outre mesure, d'autant que ceux (en l'occurrence Gabriel et son ami taximan Charles) qui se chargent de la lui faire visiter s'y embrouillent à chaque occasion.

On y confond les monuments historiques (« Le truc qu'on vient de voir, c'était pas le Panthéon bien sûr, c'était la gare de Lyon », p. 15) autant qu'on se contredit (« – Eh bien, dit Gabriel, si c'est pas les Invalides, apprend-nous cexé./ – Je ne sais pas trop, dit Charles, mais c'est tout au plus la caserne de Reuilly », *ibid.*).

On se donne également des explications absurdes – ce qui contribue, d'une part, à une impression de chaos et, d'autre part, à désacraliser le patrimoine :



Paris est un endroit où on n'arrête pas de se perdre, tant au sens propre que figuré : « J'ai ramené la petite à ses parents, mais moi je me suis perdu [...]. C'est moi, moi, que j'ai perdu. » (p. 80-81)

Mis à part quelques cafés au coin de rue, la plus grosse attraction parisienne pour les touristes, trimbalés d'un coin à l'autre de Paris sans réellement pouvoir profiter de tout ce que la ville offre, est le show de Gabriel, le géant travesti qui danse en tutu. La capitale est également décrite de manière péjorative, par son « quartier de mauvaise réputation » où les fillettes peuvent être agressées à chaque coin de rue, où il suffit de se promener devant une brasserie pour que les autres croient qu'on fait « du tapin » (p. 122).

L'image d'ensemble de Paris est par conséquent assez né-gative : c'est un univers déchu qui sent mauvais (le roman s'ouvre sur le célèbre « Doukipudonktan », p. 9) et qui connait de nombreux dysfonctionnements : le tapage noc-turne est fréquent, le métro – un des symboles de sa gran-deur – est à l'arrêt, les lieux sont volontairement brouillés, tandis que « la rue [est] l'école du vice » (p. 39). Mais Paris est présentée par-dessus tout comme un lieu dangereux, où on peut mourir en pleine rue, comme la veuve Mouaque lors des émeutes.

Finalement, Paris est aussi abordé en termes de vérité et de mensonge, ce qui pousse le lecteur à se demander si Paris existe vraiment :

> « La vérité ! s'écrie Gabriel (geste), come si tu savais cexé. Comme si quelqu'un au monde savait cexé. Tout ça (geste), tout ça c'est du bidon : le Panthéon, les Invalides, la caserne de Reuilly, le tabac du coin, tout ? Oui du bidon. » (p. 17)

## LA VÉRITÉ ET LES APPARENCES

Tout au long du roman, Queneau joue avec les apparences. Il est parfois difficile de distinguer le vrai du faux, le réel du fantastique.

En effet, on retrouve fréquemment le thème de la confusion dans les ouvrages écrits lors de périodes de transition telles que l'après-guerre. Les valeurs sur lesquelles la société s'appuyait auparavant s'effondrent et les hommes manquent de repères.

Cette confusion porte sur différents sujets :

- **l'identité :** Trouscaillon est à la fois satyre, forain ou policier, symbolisant par là même la multiplicité de l'homme. Par ailleurs, pour éviter la foule en colère, Turandot prend la place de son perroquet Laverdure dans sa cage (p. 190) ;
- **la sexualité :** Gabriel emmène Zazie voir son spectacle,

pour qu'elle comprenne pourquoi tout le monde pense qu'il est homosexuel. À la fin du roman, Marceline devient Marcel ;

- **les lieux :** alors qu'ils habitent à Paris, Charles et Gabriel ne parviennent pas à se mettre d'accord sur la localisation du « tabac du coin » (p. 15). Il y a aussi une grande confusion quant à l'identification des monuments parisiens (p. 85).

Queneau trompe également le lecteur avec son titre : bien que l'objectif premier de Zazie, fraichement arrivée à Paris, soit de visiter le métro, elle n'y entrera qu'une seule fois, malheureusement endormie, à la toute fin du livre. Ce qui devait être l'action principale du roman n'est en fait qu'un prétexte, et c'est l'absence du métro qui donne lieu aux diverses aventures de Zazie et de ses compagnons.

Le thème du rêve est également évoqué, ce qui brouille encore davantage la frontière entre réalité et fiction : on peut voir le roman comme une succession de rêves, notamment à partir de la bataille place Pigalle où Zazie est endormie. La réalité sur laquelle s'appuie le livre est mise en question : « Paris n'est qu'un songe, [...] et toute cette histoire de songe d'un songe, le rêve d'un rêve. » (p. 92) Ainsi est-il difficile de discerner le réel du fictif.

## ZAZIE AU PAYS DES... MERVEILLES ?

Le monde onirique est en effet très prégnant dans *Zazie dans le métro*. Dès lors, les parallèles avec d'autres œuvres qui laissent la part belle aux rêves abondent. Ainsi pouvons-nous non seulement rapprocher les deux œuvres

*Zazie dans le métro* et les *Aventures d'Alice au pays des merveilles* – deux satires de la société –, mais également leurs auteurs respectifs, à savoir Raymond Queneau et Lewis Carroll (romancier, essayiste et professeur de mathématiques britannique, 1832-1898). Les intérêts des deux romanciers dépassent largement le champ strict de la littérature : ce sont tous deux des mathématiciens qui aiment jongler avec les mots et la logique.

### ALICE AU PAYS DES MERVEILLES

*Alice au pays des merveilles* est un roman écrit en 1865 par Lewis Carroll. Destinée au départ à un public adulte (et remanié pour s'adresser aux enfants), cette œuvre fantastique joue sans cesse avec notre perception du réel et notre logique.

À la suite d'une chute dans un terrier, la jeune Alice rencontre toute une panoplie d'êtres et d'animaux surnaturels qui peuplent un monde improbable. Dans ce souterrain où tous ses repères s'estompent, l'héroïne va d'aventure en aventure, grandit et rapetisse, remet en doute tout ce qu'elle a appris à l'école, est obligée de s'enfuir, pour finalement se réveiller d'un long sommeil auprès de sa sœur.

Les deux héroïnes, Zazie et Alice, ont en commun leur jeune âge et leur curiosité, qui se traduit par une propension à la découverte. Elles n'ont peur de rien, (se) posent beaucoup de questions et sont spontanées, à la fois adultes et enfants.

Par ailleurs, dans les deux écrits, il est question de rapports perturbés aussi bien aux mots qu'à l'espace-temps. Dans les deux cas, il s'agit de descendre dans un espace souterrain (le métro et le terrier de lapin) – que nous pourrions assimiler à l'inconscient ? – projet qui n'aboutit pas et reste dans la sphère onirique (le métro ne fonctionne pas et il s'avère qu'*Alice au pays des merveilles* n'est au final « que » le récit d'un rêve). Les obstacles que les héroïnes sont amenées à dépasser les font murir.

Ainsi *Zazie dans le métro* et les *Aventures d'Alice au pays des merveilles* sont-ils finalement des romans à plusieurs niveaux de lecture allant d'une simple histoire où se succèdent diverses aventures à des productions complexes où le réel autant que l'identité des personnages sont brouillés : Alice est piégée dans son rapport au réel, à l'espace et au temps, par les discours décousus des personnages loufoques, tandis que c'est Zazie qui piège tous ses interlocuteurs adultes en faisant mine de ne pas saisir les jeux du sens dont est porteuse la parole.

# PISTES DE RÉFLEXION

## QUELQUES QUESTIONS POUR APPROFONDIR SA RÉFLEXION...

- Dans *Zazie dans le métro*, Raymond Queneau recourt de très nombreuses fois à l'intertextualité : relevez divers exemples et expliquez en quoi ils enrichissent le roman.
- Tout au long du récit, on retrouve d'importantes descriptions d'odeurs, qu'il s'agisse du parfum de Gabriel ou encore des odeurs du métro. Quel effet produisent ces descriptions ?
- Comment agit Zazie face à la sexualité des adultes ? Et face à sa propre sexualité ?
- Que dit-on sur la ville de Paris et comment est-elle perçue par chaque personnage ?
- Selon vous, que représentent la présence et l'absence du métro dans le roman ?
- Dans le roman, Gabriel déclare : « N'oubliez pas l'art tout de même. Y a pas que la rigolade, y a aussi l'art. » (p. 172) En quoi cette affirmation s'applique-t-elle, d'une part, à *Zazie dans le métro* et, d'autre part, à l'œuvre complète de Queneau ?
- À qui s'adresse *Zazie dans le métro* ?
- À votre avis, à quoi fait allusion l'auteur en plaçant dans le bec du perroquet la rengaine « tu causes, tu causes, c'est tout ce que tu sais faire » ?
- Parmi les romans d'après-guerre, on retrouve aussi *L'Écume des jours* (1947) de Boris Vian (écrivain français, 1920-1959). Quels sont les thèmes communs entre ce roman et *Zazie dans le métro* ?

- Selon Carol Sanders, « le langage parlé, loin d'être gra-
tuit, est une ressource stylistique importante à la fois
pour la structure [des] romans [de Queneau] et pour la
signification de son œuvre. Que forme et fond soient
intimement liés dans ses poèmes, ses poèmes en prose,
ses récits, n'est peut-être pas surprenant ; cependant,
c'est aussi le cas dans ses romans, ce qui est plus rare »
(SANDERS C., *Raymond Queneau*, Amsterdam, Rodopi,
1994. p. 7). Commentez.

*Votre avis nous intéresse !*
*Laissez un commentaire sur le site de votre librairie en ligne*
*et partagez vos coups de cœur sur les réseaux sociaux !*

# POUR ALLER PLUS LOIN

## ÉDITION DE RÉFÉRENCE

- Queneau R., *Zazie dans le métro*, édition commentée par Fourcaut L., Paris, Gallimard, coll. « Folioplus Classiques », 2010.

## ÉTUDES DE RÉFÉRENCE

- Beaumarchais de J.-P., *Dictionnaire des œuvres littéraires de langue française*, vol. IV, Paris, Bordas, 1994, p. 2093-2094.
- Sanders C., *Raymond Queneau*, Amsterdam, Rodopi, 1994.

## ADAPTATIONS

- *Zazie dans le métro*, film de Louis Malle, avec Philippe Noiret et Catherine Demongeot, France, 1960.
- *Zazie dans le métro*, bande dessinée de Clément Oubrerie, Paris, Gallimard, coll. « Fétiche », 2008.

## SUR LEPETITLITTÉRAIRE.FR

- Commentaire du chapitre III de *Zazie dans le métro*.
- Fiche de lecture sur *Les Fleurs bleues* de Raymond Queneau.
- Fiche de lecture sur *Zazie dans le métro* de Louis Malle (adaptation cinématographique).
- Questionnaire de lecture sur *Zazie dans le métro*.

# Retrouvez notre offre complète sur lePetitLittéraire.fr

- des fiches de lectures
- des commentaires littéraires
- des questionnaires de lecture
- des résumés

---

**ANOUILH**
- Antigone

**AUSTEN**
- Orgueil et
  Préjugés

**BALZAC**
- Eugénie Grandet
- Le Père Goriot
- Illusions perdues

**BARJAVEL**
- La Nuit des
  temps

**BEAUMARCHAIS**
- Le Mariage
  de Figaro

**BECKETT**
- En attendant
  Godot

**BRETON**
- Nadja

**CAMUS**
- La Peste
- Les Justes
- L'Étranger

**CARRÈRE**
- Limonov

**CÉLINE**
- Voyage au bout
  de la nuit

**CERVANTÈS**
- Don Quichotte
  de la Manche

**CHATEAUBRIAND**
- Mémoires
  d'outre-tombe

**CHODERLOS
DE LACLOS**
- Les Liaisons
  dangereuses

**CHRÉTIEN DE TROYES**
- Yvain ou le
  Chevalier au lion

**CHRISTIE**
- Dix Petits Nègres

**CLAUDEL**
- La Petite Fille de
  Monsieur Linh
- Le Rapport
  de Brodeck

**COELHO**
- L'Alchimiste

**CONAN DOYLE**
- Le Chien des
  Baskerville

**DAI SIJIE**
- Balzac et la
  Petite
  Tailleuse chinoise

**DE GAULLE**
- Mémoires
  de guerre
  III. Le Salut.
  1944-1946

**DE VIGAN**
- No et moi

**DICKER**
- La Vérité sur
  l'affaire Harry
  Quebert

**DIDEROT**
- Supplément
  au Voyage de
  Bougainville

**DUMAS**
- Les Trois
  Mousquetaires

**ÉNARD**
- Parlez-leur
  de batailles,
  de rois et
  d'éléphants

**FERRARI**
- Le Sermon sur la
  chute de Rome

**FLAUBERT**
- Madame Bovary

**FRANK**
- Journal
  d'Anne Frank

**FRED VARGAS**
- Pars vite et
  reviens tard

**GARY**
- La Vie devant soi

**GAUDÉ**
- La Mort du
  roi Tsongor
- Le Soleil des
  Scorta

**GAUTIER**
- La Morte
  amoureuse
- Le Capitaine
  Fracasse

**GAVALDA**
- 35 kilos d'espoir

**GIDE**
- Les
  Faux-Monnayeurs

**GIONO**
- Le Grand
  Troupeau
- Le Hussard
  sur le toit

**GIRAUDOUX**
- La guerre de
  Troie
  n'aura pas lieu

**GOLDING**
- Sa Majesté des
  Mouches

**GRIMBERT**
- Un secret

**HEMINGWAY**
- Le Vieil Homme
  et la Mer

**HESSEL**
- Indignez-vous !

**HOMÈRE**
- L'Odyssée

**HUGO**
- Le Dernier Jour
  d'un condamné
- Les Misérables
- Notre-Dame
  de Paris

**HUXLEY**
- Le Meilleur
  des mondes

**IONESCO**
- Rhinocéros
- La Cantatrice
  chauve

**JARY**
- Ubu roi

**JENNI**
- L'Art français
  de la guerre

**JOFFO**
- Un sac de billes

**KAFKA**
- La Métamorphose

**KEROUAC**
- Sur la route

**KESSEL**
- Le Lion

**LARSSON**
- Millenium I. Les
  hommes qui
  n'aimaient pas
  les femmes

**LE CLÉZIO**
- Mondo

**LEVI**
- Si c'est un
  homme

**LEVY**
- Et si c'était vrai…

**MAALOUF**
- Léon l'Africain

**MALRAUX**
- La Condition humaine

**MARIVAUX**
- La Double Inconstance
- Le Jeu de l'amour et du hasard

**MARTINEZ**
- Du domaine des murmures

**MAUPASSANT**
- Boule de suif
- Le Horla
- Une vie

**MAURIAC**
- Le Nœud de vipères

**MAURIAC**
- Le Sagouin

**MÉRIMÉE**
- Tamango
- Colomba

**MERLE**
- La mort est mon métier

**MOLIÈRE**
- Le Misanthrope
- L'Avare
- Le Bourgeois gentilhomme

**MONTAIGNE**
- Essais

**MORPURGO**
- Le Roi Arthur

**MUSSET**
- Lorenzaccio

**MUSSO**
- Que serais-je sans toi ?

**NOTHOMB**
- Stupeur et Tremblements

**ORWELL**
- La Ferme des animaux
- 1984

**PAGNOL**
- La Gloire de mon père

**PANCOL**
- Les Yeux jaunes des crocodiles

**PASCAL**
- Pensées

**PENNAC**
- Au bonheur des ogres

**POE**
- La Chute de la maison Usher

**PROUST**
- Du côté de chez Swann

**QUENEAU**
- Zazie dans le métro

**QUIGNARD**
- Tous les matins du monde

**RABELAIS**
- Gargantua

**RACINE**
- Andromaque
- Britannicus
- Phèdre

**ROUSSEAU**
- Confessions

**ROSTAND**
- Cyrano de Bergerac

**ROWLING**
- Harry Potter à l'école des sorciers

**SAINT-EXUPÉRY**
- Le Petit Prince
- Vol de nuit

**SARTRE**
- Huis clos
- La Nausée
- Les Mouches

**SCHLINK**
- Le Liseur

**SCHMITT**
- La Part de l'autre
- Oscar et la
  Dame rose

**SEPULVEDA**
- Le Vieux qui
  lisait des romans
  d'amour

**SHAKESPEARE**
- Roméo et Juliette

**SIMENON**
- Le Chien jaune

**STEEMAN**
- L'Assassin
  habite au 21

**STEINBECK**
- Des souris et
  des hommes

**STENDHAL**
- Le Rouge et
  le Noir

**STEVENSON**
- L'Île au trésor

**SÜSKIND**
- Le Parfum

**TOLSTOÏ**
- Anna Karénine

**TOURNIER**
- Vendredi ou
  la Vie sauvage

**TOUSSAINT**
- Fuir

**UHLMAN**
- L'Ami retrouvé

**VERNE**
- Le Tour
  du monde
  en 80 jours
- Vingt mille
  lieues sous
  les mers
- Voyage au
  centre de
  la terre

**VIAN**
- L'Écume des jours

**VOLTAIRE**
- Candide

**WELLS**
- La Guerre des
  mondes

**YOURCENAR**
- Mémoires
  d'Hadrien

**ZOLA**
- Au bonheur
  des dames
- L'Assommoir
- Germinal

**ZWEIG**
- Le Joueur
  d'échecs

www.lepetitlitteraire.fr

ISBN version numérique : 978-2-8062-9531-6
ISBN version papier : 978-2-8062-9532-3
Dépôt légal : D/2017/12603/158

Avec la collaboration de Tina Van Roeyen pour l'étude des
personnages de Zazie, Gabriel et Jeanne Lalochère ainsi que
pour les chapitres « Paris », « La sexualité » et « Zazie au
pays... des merveilles ? ».

Conception numérique : Primento,
le partenaire numérique des éditeurs.

Ce titre a été réalisé avec le soutien de la Fédération
Wallonie-Bruxelles, Service général des Lettres et du Livre.

Made in the USA
Monee, IL
27 September 2021